가자! 바다로

가자! 바다로

짐 큐리어스와 함께하는 3D 탐험

보림

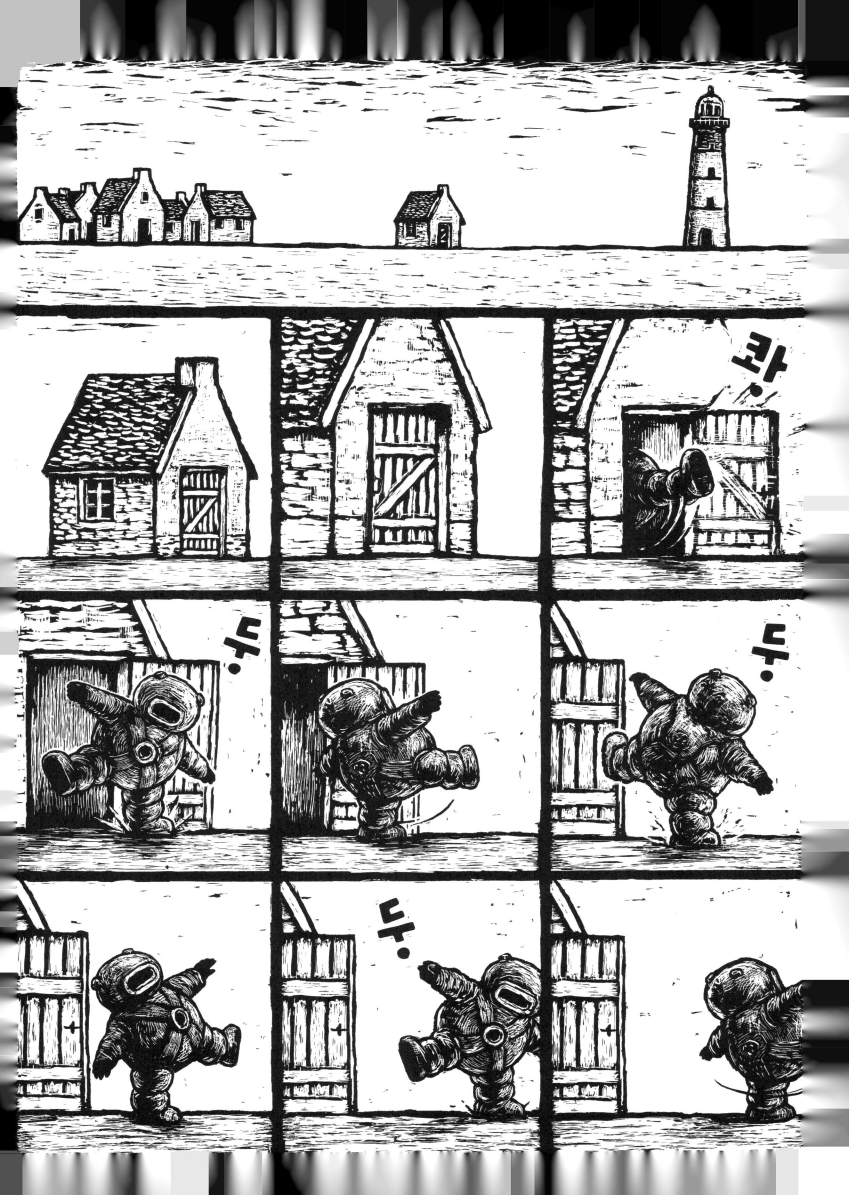

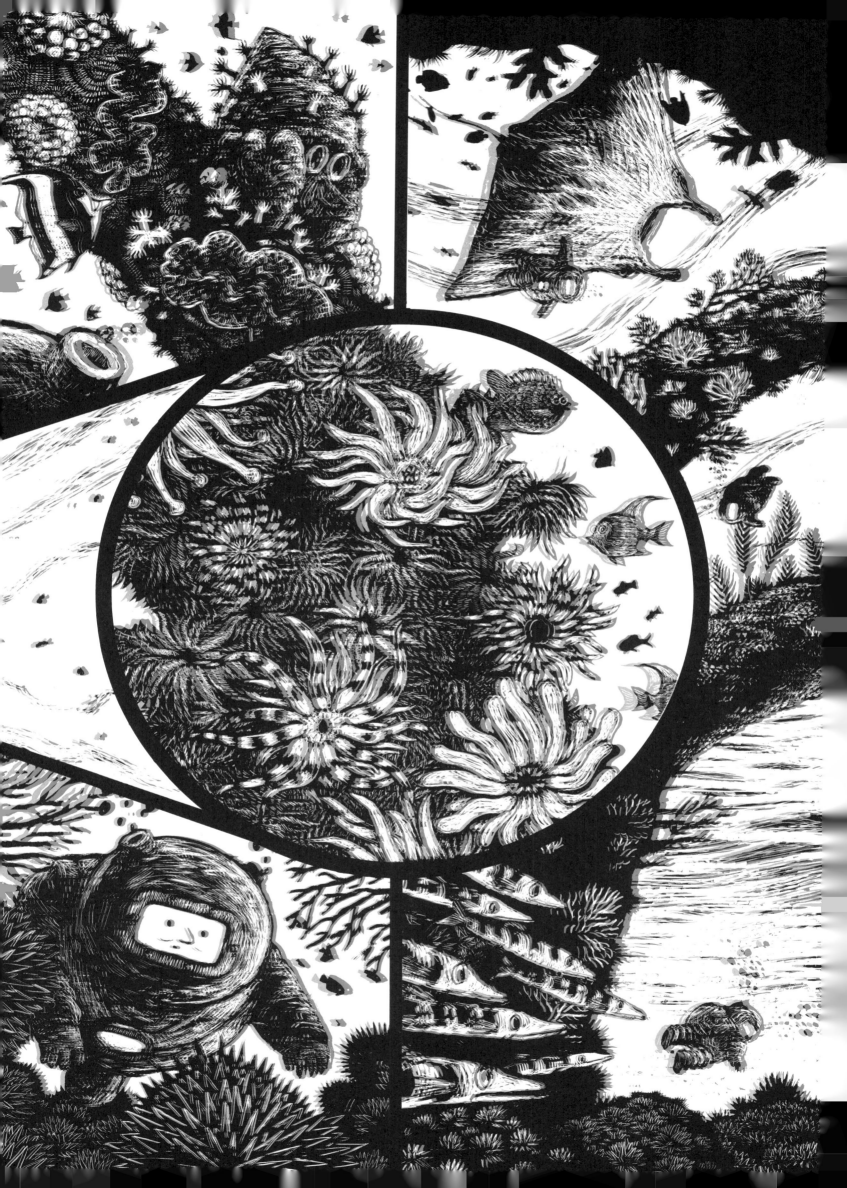

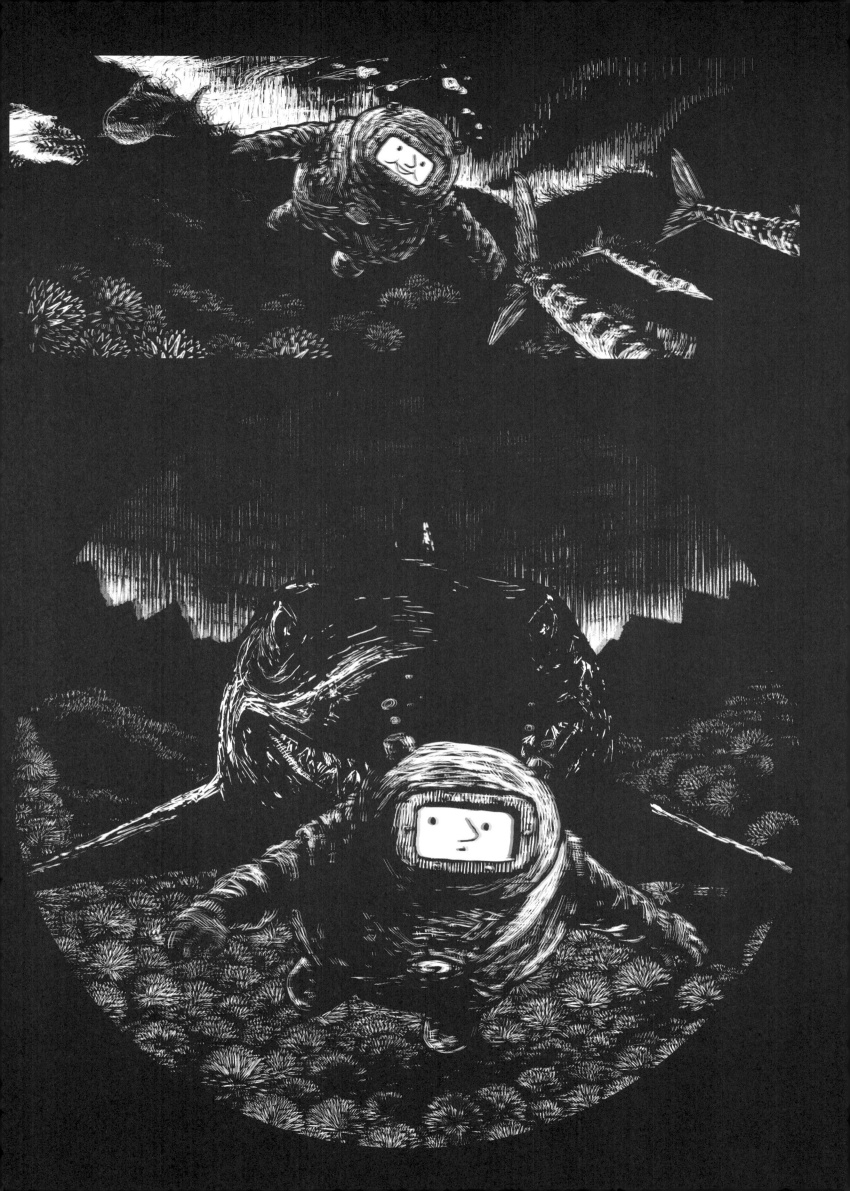

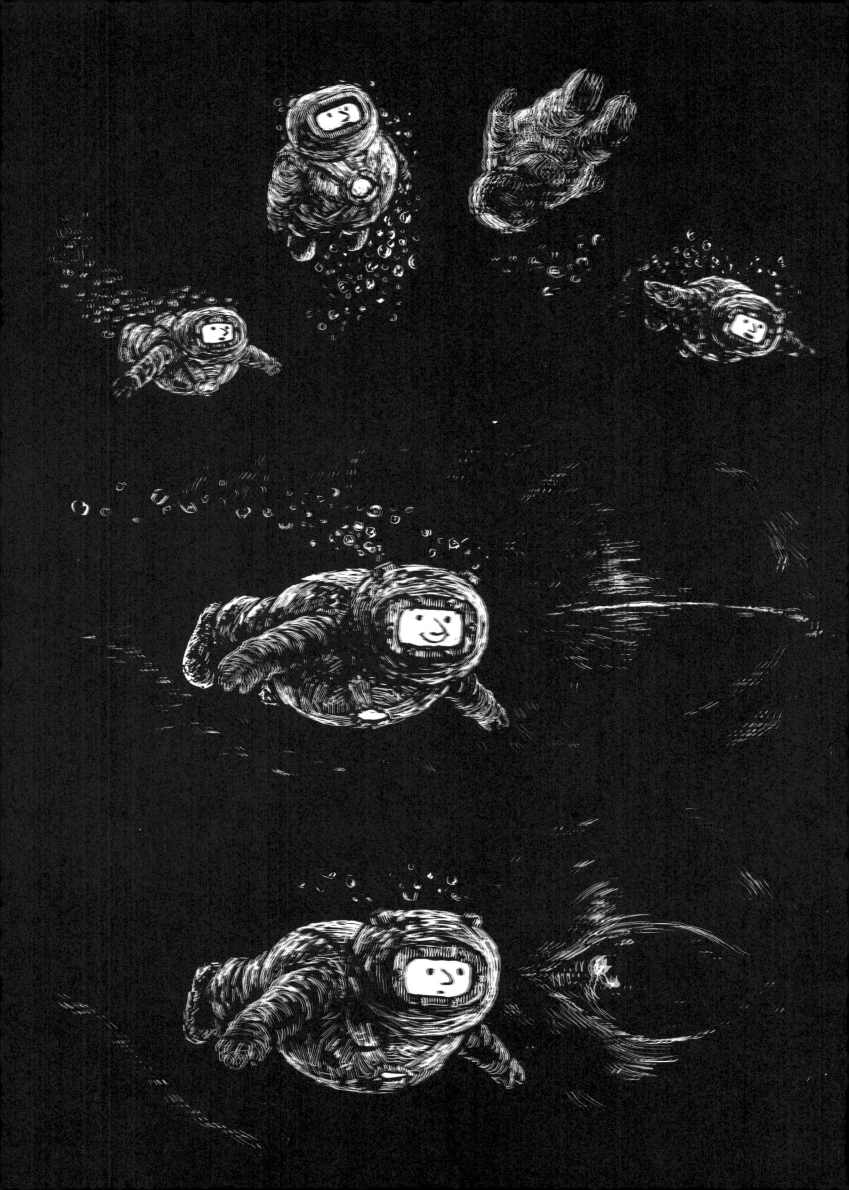

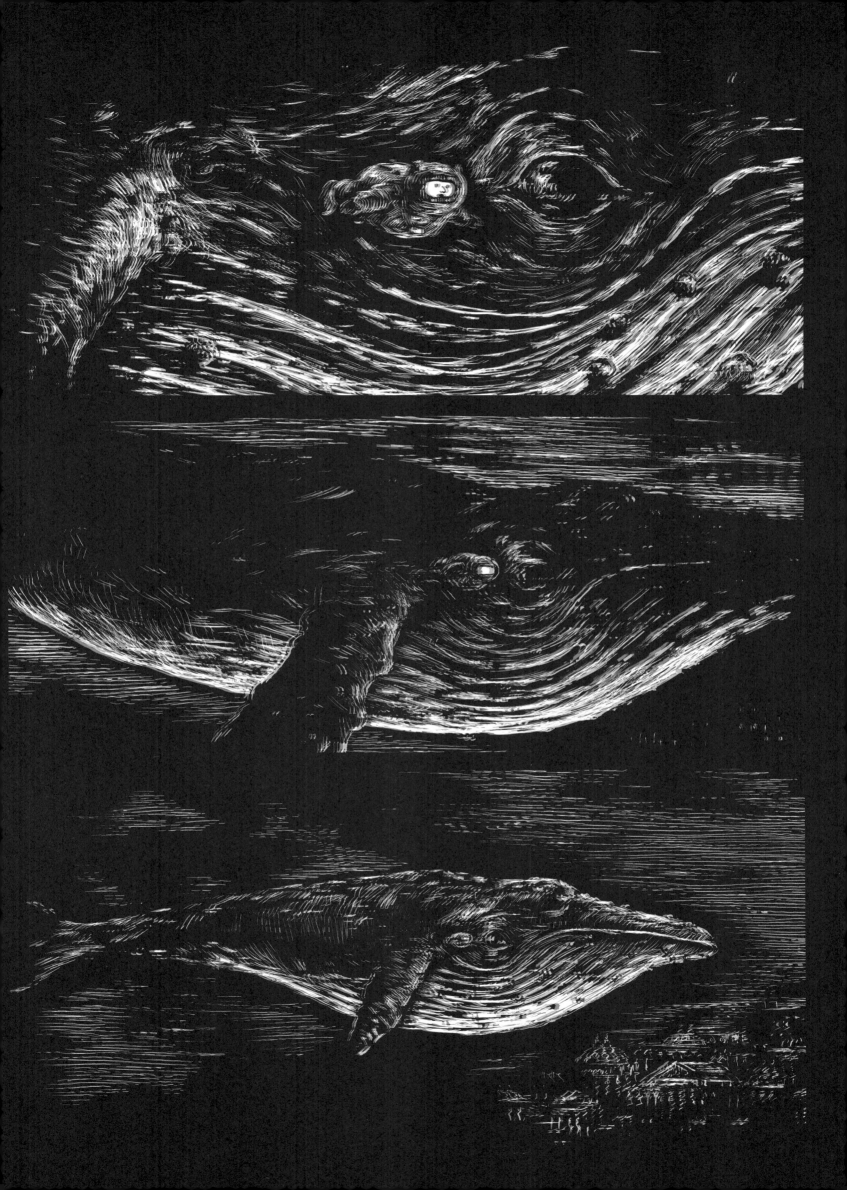

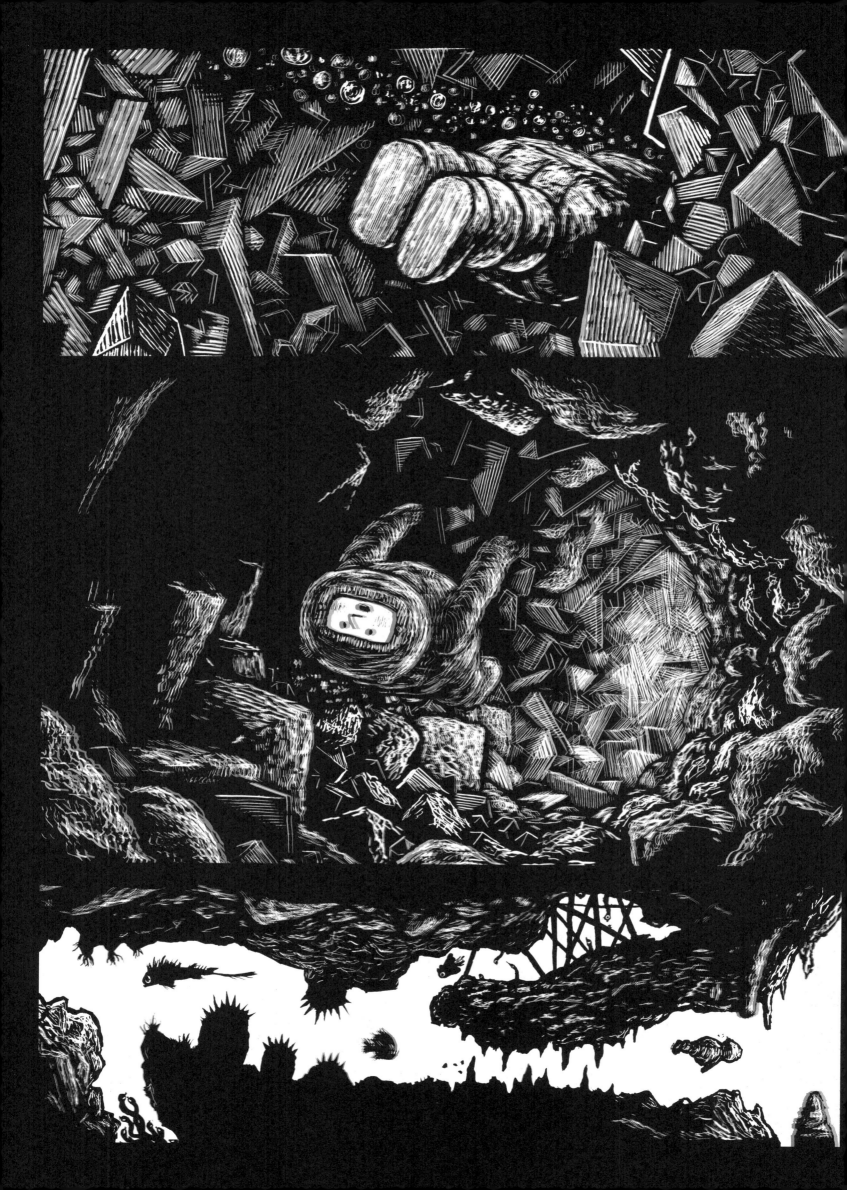

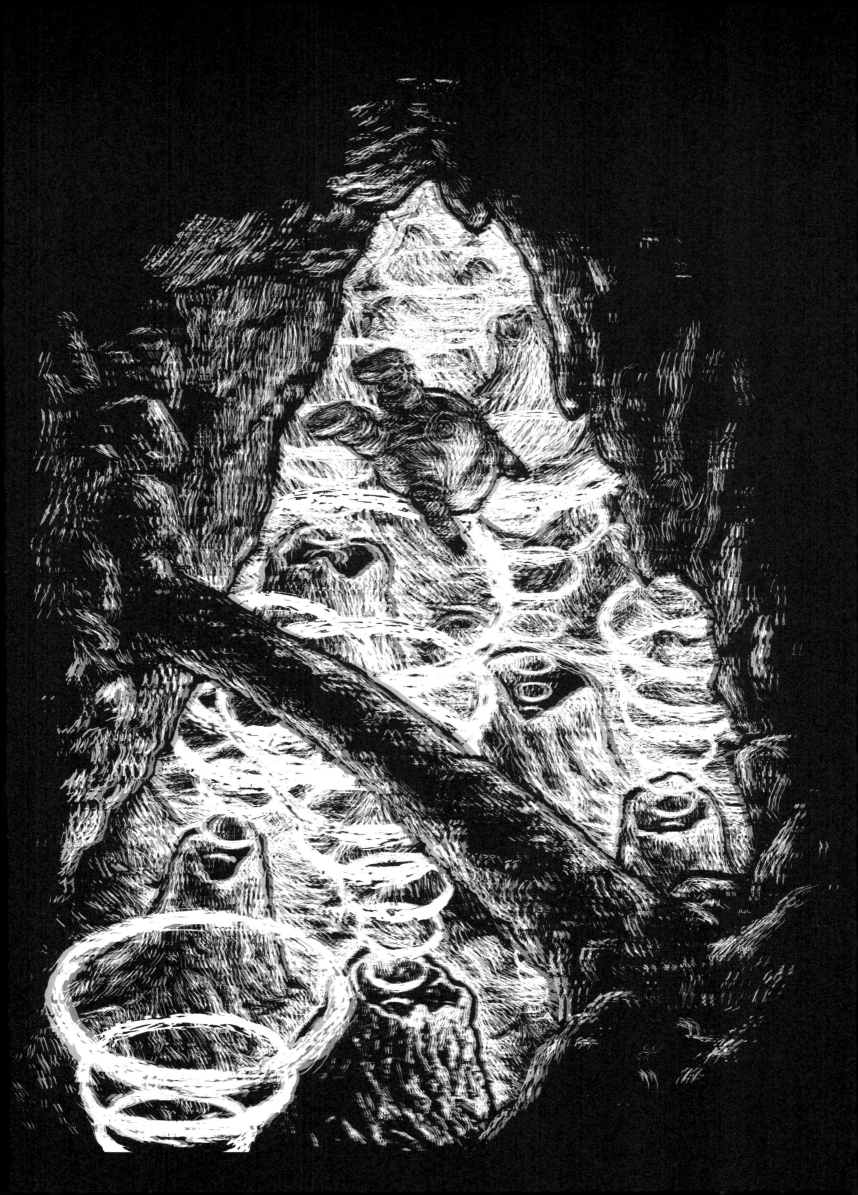

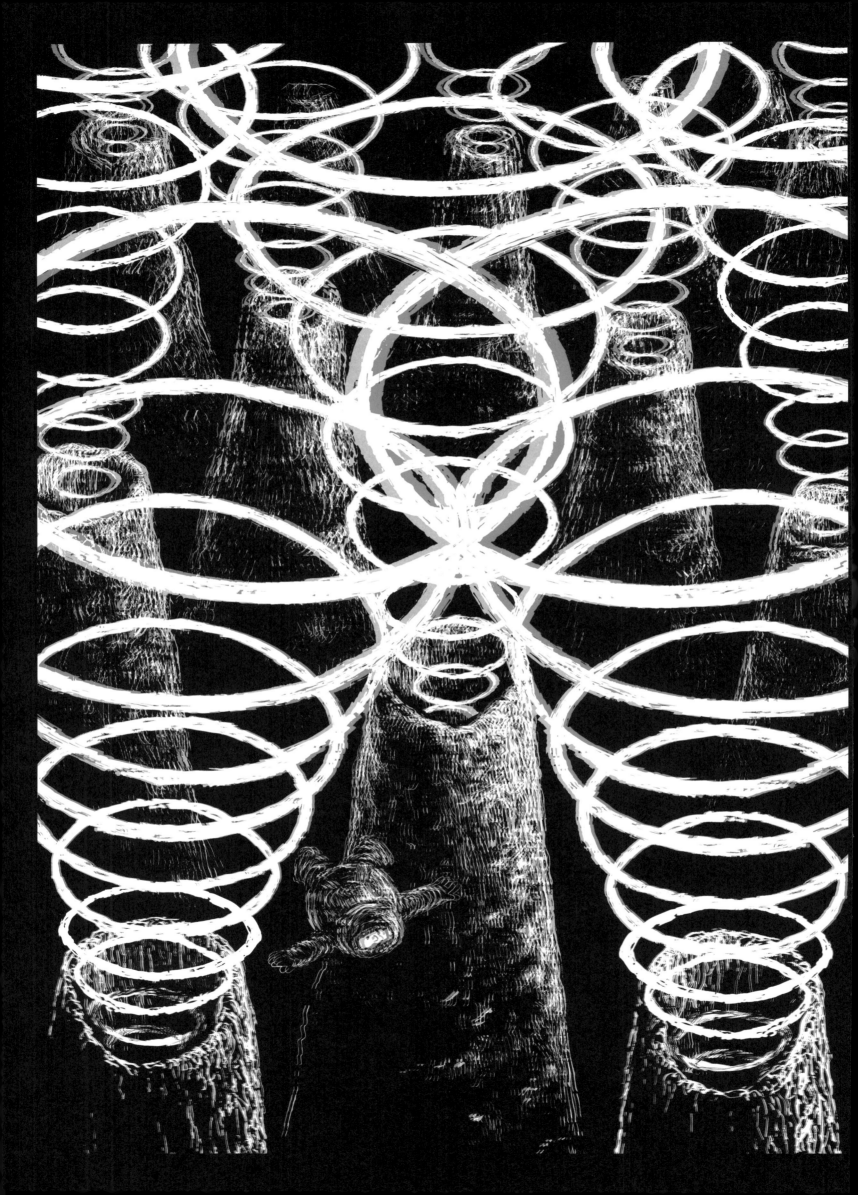

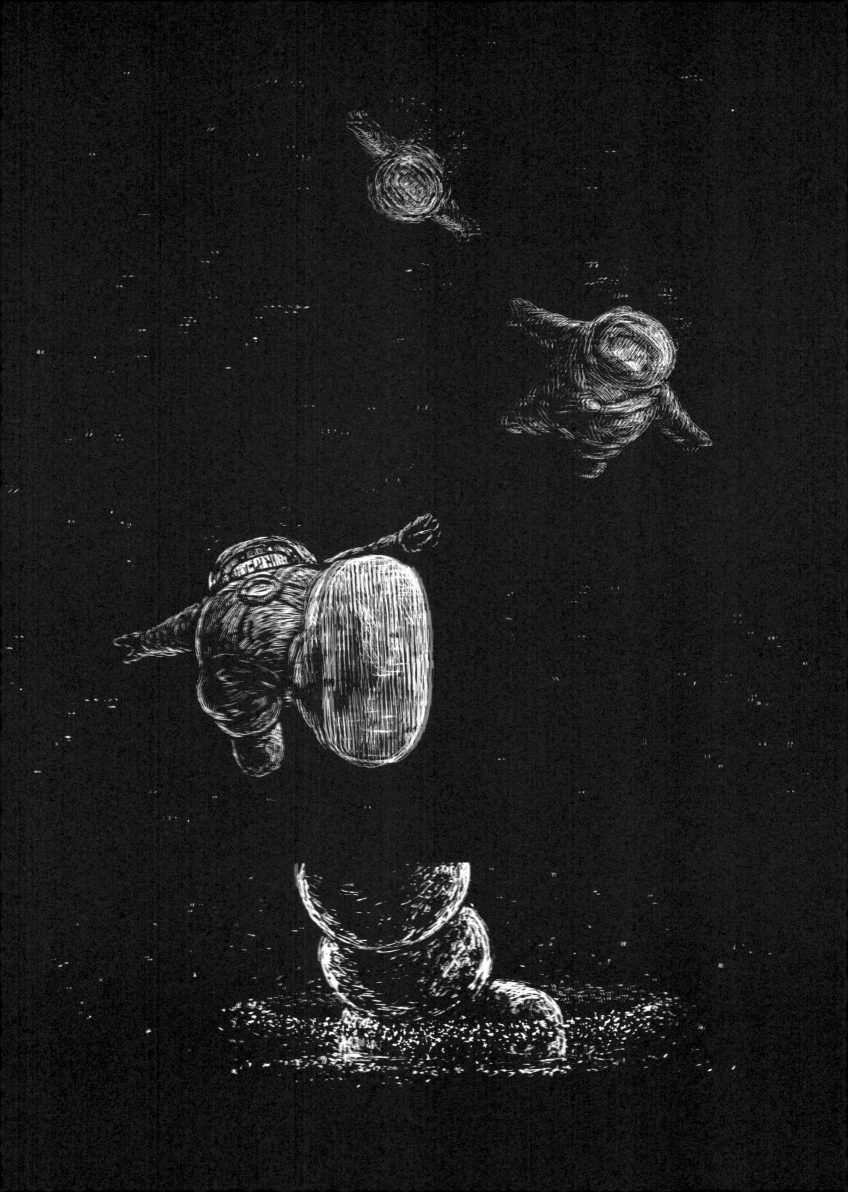

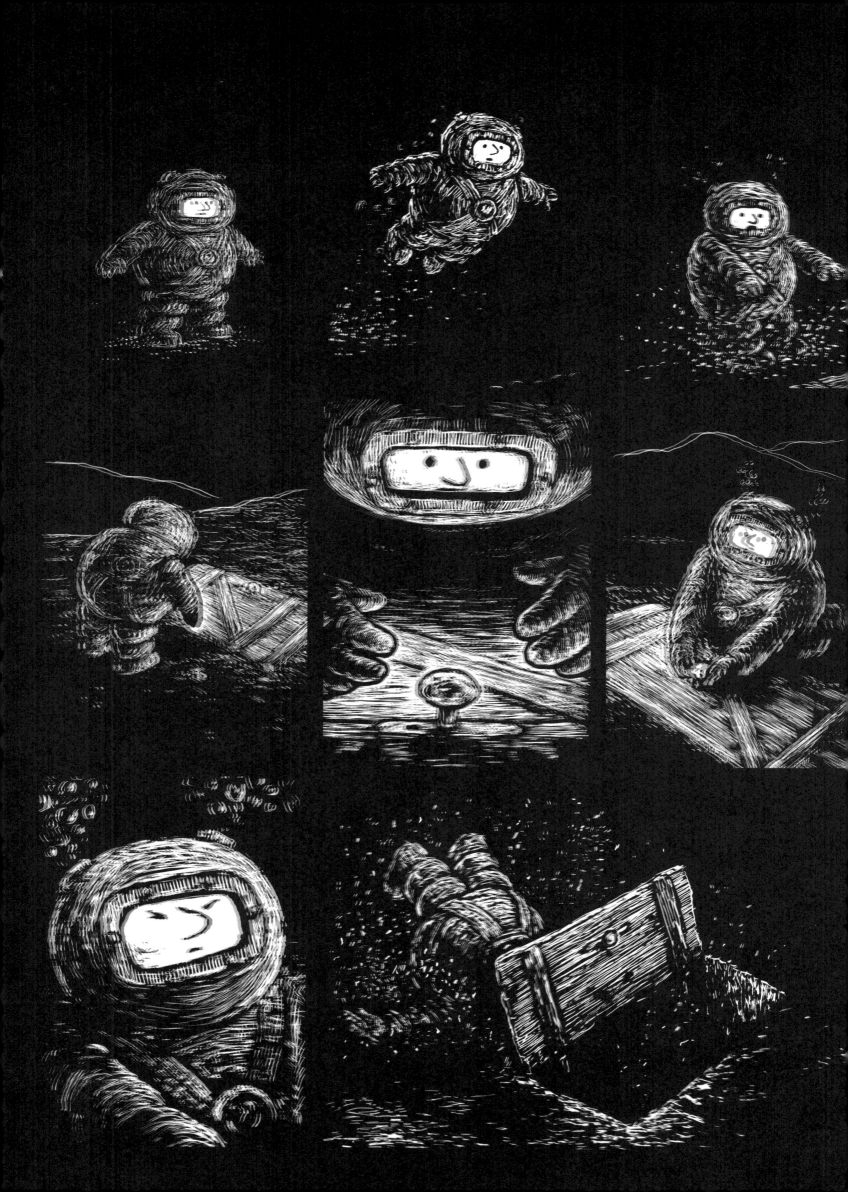

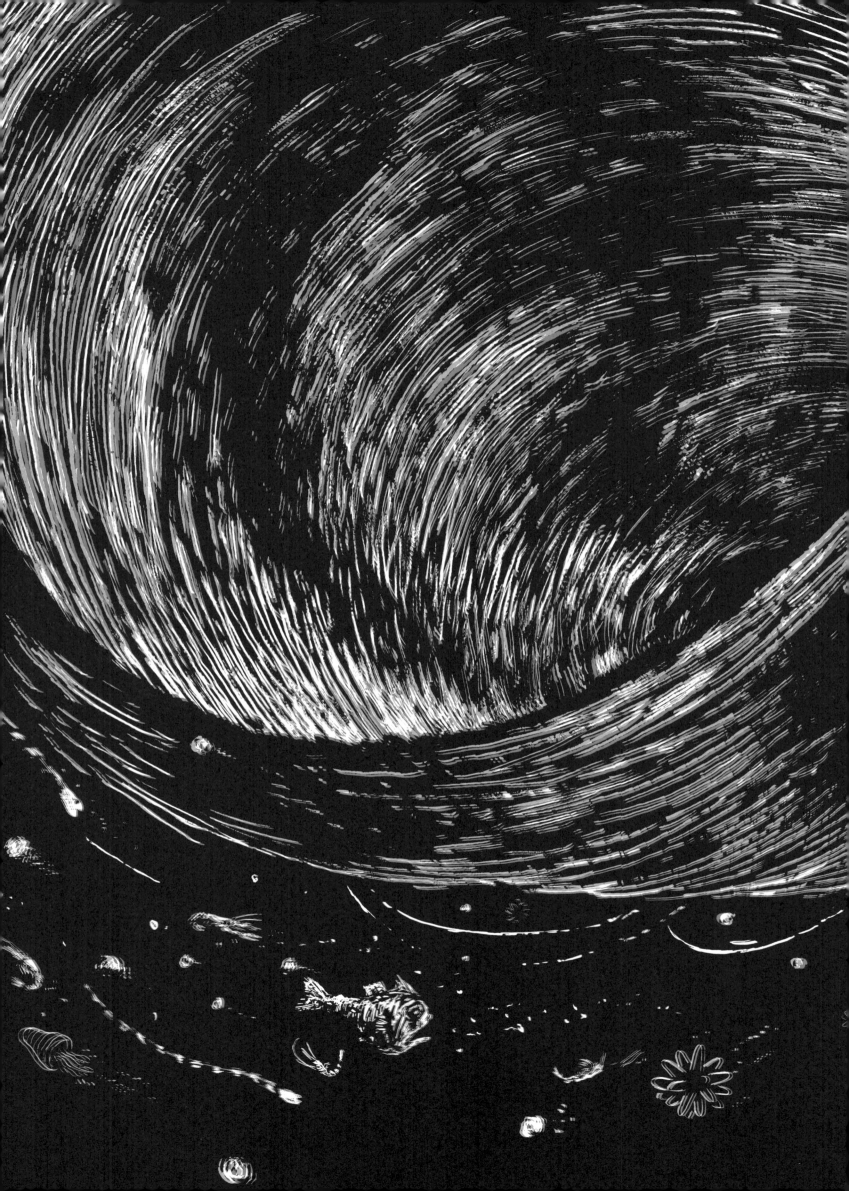

가자! 바다로
짐 큐리어스와 함께하는 3D 탐험

초판 1쇄 발행 2013년 10월 7일 | 초판 2쇄 발행 2013년 11월 10일 | 개정판 1쇄 발행 2025년 1월 20일
지은이 마티아스 피카르 | 편집 박은덕 이소희 이수연 | 디자인 장승아 이지영 | 마케팅 이선규 김영민 이윤아 김한결 권오현
제작 권오철 | 펴낸이 권종택 | 펴낸곳 (주)보림출판사 | 출판등록 제406-2003-049호 | 주소 10881 경기도 파주시 광인사길 88
전화 031-955-3456 | 팩스 031-955-3500 | 홈페이지 www.borimpress.com
인스타그램 @borimbook | ISBN 978-89-433-1771-3 74860 / 978-89-433-1104-9(세트)

〈가자! 바다로〉는 3D 안경을 끼고 보는 그림책입니다.

지은이 **마티아스 피카르**

1982년 프랑스 랭스에서 태어났다. 스트라스부르그 장식미술학교를 졸업한 해인 2007년에 프랑스 앙굴렘 및 스위스 로잔 국제만화축제에서 신인상을 받았다. 만화전문출판사 아소시아시옹(L'association)에서 발행하는 계간지 《라팡 Lapin》에 작품을 꾸준히 연재해왔고, 2011년 5월 첫 그래픽 노블 《쟈닌 Jeanine》을 출간했다. 2013년 앙굴렘 국제만화축제와 몽트뢰유 도서전에서 '주목할 만한 작품'으로 선정된 《가자! 바다로》는 작가의 첫 3D 그림책이다.